N° 51

"Pages actuelles"
1914-1915

Le Martyre
du Clergé français

par

l'Abbé Eugène GRISELLE

Ancien Maître de Conférences aux Facultés Catholiques de Lille
Secrétaire général du Comité Catholique de Propagande française à l'Étranger

BLOUD ET GAY, ÉDITEURS
7, Place Saint-Sulpice, PARIS

"Pages actuelles"
1914-1915

Le Martyre du Clergé français

par

l'Abbé Eugène GRISELLE

Ancien Maître de Conférences aux Facultés Catholiques de Lille
Secrétaire général du Comité Catholique de Propagande française à l'Étranger

PARIS
BLOUD et GAY, Éditeurs
7, Place Saint-Sulpice
1915

Décuvronné déc. 2014

LE MARTYRE DU CLERGÉ FRANÇAIS

La première fureur de l'invasion allemande a été certainement essuyée par la Belgique, mais non pas épuisée. Au martyre du clergé et des populations belges (1) s'ajouta la longue liste, encore incomplète des atrocités germaniques sur la terre de France. Il faut commencer à la dresser en attendant que les pays envahis livrent leurs secrets ou que toutes les victimes puissent parler sans danger. « La prudence, écrivait le vaillant évêque de Nancy, Mgr Turinaz, dans sa lettre pastorale du 2 février 1915, ne nous permet pas de dire en ce moment toute la vérité sur les épreuves de nos prêtres, et nos renseignements ne sont point encore complets (2). » Ce que nous savons suffit, hélas ! à édifier le monde civilisé, sur les procédés de la *kultur*. Le « flot teuton », pour adopter la formule qui coûta, par mode d'amende, à la *Croix du Nord* imprimée à Lille une taxe de 150.000 francs, déferla sur nous en vagues mul-

---

(1) Voir *Le Martyre du Clergé belge*, par Auguste Mélot, député de Namur. Pages actuelles, n° 12.

(2) *La Guerre allemande et le Catholicisme*, 1re éd. p. 240, note 1.

tiples et parfois dissemblables. Par un souci d'impartialité qui les honore et sera celui des historiens à venir, les *Etudes* se sont efforcées de distinguer les courants qui ont marqué l'invasion.

On y lit, sous la signature du P. Yves de la Brière : « Pour notre part, les témoignages oculaires que nous avons eu occasion de recueillir sur la conduite des troupes ennemies en Belgique donnaient une impression très diverse selon les temps et les lieux et surtout selon les corps d'armée (1). »

Ces différences, ici attribuées à la composition des armées au point de vue confessionnel (2),

---

(1) Le chroniqueur invoque ici le témoignage d'un professeur français de philosophie qui « attribuait certains crimes abominables aux troupes du Xe corps allemand et de la 61e division de réserve, mais attestait, d'autre part, que les troupes de la première armée (von Emmich) et de la deuxième armée (von Bülow) qui traversèrent la région de Spa et qui étaient recrutées en grande partie chez les paysans catholiques de Westphalie gardèrent une attitude réellement correcte ». (*Etudes*, 5-20 mai 1915, p. 277.) Le soin d'établir ces diversités n'est pas de notre ressort, et la preuve alléguée ne vaut que pour une date précise. Le général de Bülow, pour avoir ordonné le premier bombardement de Reims et couvert de son autorité le sac d'Andenne, ainsi que par ses proclamations à Namur, n'en a pas moins mérité sa place au pilori des auteurs responsables énumérés par M. Léon Maccas dans la conclusion de son livre, *Les Cruautés allemandes* (p. 287). De ces diversités, M. Henri Davignon a pu écrire que « comme applications de méthodes de guerre », elles sont « invariablement contraires au droit des gens et aux règles de l'humanité ». (*La conduite des armées allemandes en Belgique et en France*, p. 12.)

(2) Dans le même sens, M. le curé de Doucey écrivait le 1er juin 1915 à M. le chanoine Hurault, vicaire général de Châlons, que les Allemands qui « n'ont commis aucun acte d'hostilité contre la religion catholique » dans sa région, étaient « probablement des catholiques, quelques-uns venaient réciter leur chapelet ».

peuvent tenir à des causes complexes. Ce sera le rôle de l'histoire informée de les démêler autant que possible. Il n'est pas téméraire d'ailleurs, à qui a étudié de près, la « manière » des armées allemandes dès les origines, avant Luther et la Réforme, partant sans préoccupation des influences philosophiques dont on a signalé depuis peu avec ensemble l'importance d'ailleurs incontestable, de faire entrer tout d'abord en ligne de compte l'*espoir de l'impunité*. De tout temps, la race s'est montrée pillarde, arrogante et féroce tant que la crainte ne bridait pas ces instincts natifs, mais moins résistante et moins fière devant les succès adverses. La peur des représailles et l'affirmation de la force ennemie ont toujours été chez elle les plus sûres, sinon les seules inspiratrices de la retenue.

En 1870, pour prendre des exemples chez nous, tels villages ou hameaux furent pillés à fond et incendiés sous l'éternel prétexte des *francs-tireurs*, alors que les faubourgs populeux et à plus forte raison les grandes villes étaient relativement respectés, et seulement rançonnés, la guerre industrie nationale de la Prusse n'abdiquant jamais ses droits.

Quoi qu'il en soit des mobiles divers d'une façon de guerroyer en somme assez uniforme (1), il y a,

---

(1) L'examen d'ensemble juridiquement dressé en réquisitoire régulier par M. Léon Maccas donne bien l'impression d'excès non pas isolés, mais méthodiques. La *logique* de l'Allemand est

hélas! ample moisson à recueillir pour le martyrologe du clergé de France, même dans la pénurie des documents qui ont pu jusqu'ici transpirer.

L'espoir d'être complets est loin de nous : il est sûr au contraire que nous omettrons des faits navrants et nous demandons aux lecteurs qui constateront ces lacunes involontaires de nous vouloir bien aider à les faire disparaître. Notre souci a été de ne citer que des allégations certaines, appuyées de témoignages et, le plus que nous pourrons, dans les termes mêmes des procès-verbaux ou informations juridiques dûment dressés.

Nous exposerons ailleurs les faits qui firent éclater davantage la fureur de l'ennemi contre la religion catholique, ses prêtres, ses religieuses, ses églises et son culte. Le présent essai enregistrera seulement ici les meurtres constatés et des sévices graves exercés contre les prêtres, en rappelant plusieurs cas bien déterminés où la

---

impitoyable et rectiligne : elle ne date pas de Luther qui en fut plus ou moins victime, témoin et effet. Les anciens Teutons de Noricum (113 avant J.-C.) et les *preux* d'Harminius, triste héros national, y obéissaient déjà. Piller et détruire lorsqu'ils sont en force, ruser, espionner et attirer par des flatteries leurs maîtres d'un moment dans un guet-apens, où l'on ne fait point quartier, c'était déjà la vaillance des hordes du *Teutoburgum*. Elle n'a pas varié ; malheur aux faibles et aux vaincus restera toujours la devise d'un « peuple de proie ». Ces gens-là n'ont rien appris, et nous avons eu le tort de trop oublier leurs méfaits d'autrefois.

lâcheté teutonne a opposé aux coups de l'ennemi les otages inoffensifs dont elle a voulu faire des boucliers vivants. Quant aux arrestations et déportations de prêtres détenus en Allemagne avec d'autres prisonniers civils, le retour de ces malheureux obtenu par l'initiative du Saint-Siège donnera lieu de compléter notre enquête et nous laisserons à plusieurs le soin de raconter eux-mêmes les péripéties de leur douloureux voyage. Bornons-nous d'abord au récit des derniers moments de ceux qui succombèrent. Pour plusieurs des victimes que la mort épargna et qui survécurent aux coups ou aux émotions, « nous devons, comme écrivait déjà le député de Namur dans son enquête sur le martyre du clergé belge, nous contenter de parler des mauvais traitements qui passent l'ordinaire » (1).

La liste des méfaits demeure assez longue et s'augmentera encore, par malheur, de ce qu'il nous reste à connaître de la conduite des Allemands chez nous. Si elle n'atteint pas l'horreur des atrocités commises contre le clergé belge, l'insuccès de la fameuse promenade militaire que l'armée envahissante comptait conduire en quelques jours à Paris fut sans doute pour beaucoup dans l'assagissement général des troupes et des chefs. Mais, enfin, même refroidis par une crainte salutaire, les Teutons modernes ont causé assez de

_____

(1) Auguste Mélot, p. 25.

ravages pour conserver au front la flétrissure de bourreaux du clergé de France.

I. — Les meurtres.

Le martyrologe des prêtres tués en haine de la France et du catholicisme pourrait s'ouvrir par le nom de l'abbé Fernand Hennequin, curé de Marthil au diocèse de Metz. Ordonné prêtre en 1908, il avait été l'un des quatre vicaires de Thionville condamnés à six mois de forteresse par le conseil de guerre du XV° corps de Metz. Il avait subi sa peine à Magdebourg. Comme curé de Moyenvic, il avait eu de nouveau maille à partir avec la « justice allemande » (1). La guerre fut un commode prétexte pour le fusiller comme espion.

Ces raisons militaires ou stratégiques qui, plus d'une fois ont servi à colorer les assassinats de prêtres, se rencontreront encore dans les récits d'exécutions plus ou moins motivées. C'est que les Allemands ne se bornent pas à massacrer leurs

---

(1) Voir les détails fournis par *La Croix* du 26 août 1914. On y devine plus d'une raison de l'animosité allemande contre ce prêtre pieux, régulier et intelligent. Il était né en 1883 à Fleury, dans le pays Messin. C'est sans doute en allant voir ses anciens paroissiens de Moyenvic que l'abbé fut surpris au moment de la mobilisation.

victimes ; ils s'attachent aussi à les déshonorer, comme ils ont essayé de faire de tous les prêtres belges, accusés d'avoir fomenté de prétendus massacres de leurs troupes. Ce trait n'est nullement à leur décharge et rien n'est plus écœurant que les mémoires soi-disant officiels que les autorités allemandes ont publiés, sans preuves aucunes, et auxquels de sanglants démentis ont enlevé tout crédit, contre le clergé de Belgique (1). Cependant le dernier manifeste des 77 répète obstinément cette version des *francs tireurs*.

C'est d'ailleurs pour un prétendu délit d'espionnage et après un simulacre de jugement qui ajoute encore à l'odieux de l'assassinat que fut tué l'abbé Delbecque, curé de Maing, près de Valenciennes. Il faut citer le récit qui en parut d'abord dans quelques rares numéros de l'*Echo de Paris* du 23 septembre. Les autres exemplaires portaient un large blanc. Mais le lendemain 24, le *Billet de Junius* était autorisé sans qu'il soit aisé de voir pourquoi des méfaits de ce genre méritaient d'être cachés au public.

« M. Malvy, ministre de l'intérieur, réunit des documents sur l'occupation allemande. L'idée est bonne. Mais quel dossier ! Tous les vols, tous les assassinats, toutes les lâchetés, toutes les infa-

---

(1) Voir R. Narsy, *Le Supplice de Louvain*, p. 97 et suiv.

mies ! Le jour où il sera ouvert et publié, le monde aura mal au cœur. Pour ma part, je lui livre un document. Le voici :

« L'abbé Delbecque, ancien professeur du collège Notre-Dame (des Dunes), ancien vicaire de Saint-Martin-d'Esquermes, à Lille, curé au Poirier, puis à Maing, est un des hommes les plus estimés, les plus aimés dans la région de Valenciennes. Jeudi soir, il revenait d'un *obit* qui avait eu lieu à Dunkerque pour son père décédé le mois dernier. Il était à bicyclette, seul moyen de locomotion lui permettant de rejoindre sa paroisse. Une patrouille allemande l'arrête. On le fouille. Il avait sur lui quelques lettres que des soldats de Dunkerque, profitant de l'occasion, adressaient à leurs familles et lui avaient confiées. Cela ne vous paraît pas grave, et vous auriez fait comme l'abbé Delbecque... Il fut jugé, à minuit, par un conseil de guerre composé d'officiers, et condamné à mort sous prétexte d'espionnage. Des lettres dans lesquelles des soldats écrivent à maman que leur santé est bonne et qu'ils sont pleins d'espoir, c'est de l'espionnage.

« Alors, aussi calme que devant l'autel, l'abbé Delbecque se confia aux soins d'un aumônier militaire allemand ; la nuit, sa dernière nuit, il la passa à prier devant le Saint-Sacrement, à l'église Saint-Nicolas, à Valenciennes. Puis, confessé, administré, il partit à pied, réconforté, pour la colonne Dampierre. En marchant, il récitait les prières des agonisants. Il était 5 heures et demie du matin.

« A l'endroit fixé, il se mit à genoux et remit à l'officier allemand une lettre pour sa mère. « J'offre ma vie à la France, lui dit-il, sans regret. » Quelques minutes après, douze balles le renversaient. On fit un trou et, comme un morceau de sa soutane passait, un habitant vint placer quelques pierres en forme de croix, et des femmes jetèrent des fleurs sur la tombe de ce martyr.

« J'ajoute, monsieur le ministre, et ce sera mon seul commentaire, que l'abbé Delbecque est le septième prêtre du diocèse de Cambrai fusillé par les Allemands (1). »

                              « JUNIUS. »

« Nous sommes condamnés à le faire remarquer, écrivait le vénérable évêque du diocèse de Nancy, doyen par le sacre de tout l'épiscopat français... les prêtres catholiques ont été les plus insultés, les plus maltraités, quand ils n'ont pas été fusillés après d'horribles tortures (2). » C'est

----

(1) Voir aussi *La Croix* du 23 septembre 1914 qui a rectifié cette assertion erronée et constaté, le 30 septembre, que trois prêtres seulement ont succombé et que deux des victimes furent tuées par accident. Les meurtres intentionnels sont assez graves pour n'être pas multipliés sans fondement.

(2) Lettre pastorale du 2 février 1915. *La Guerre allemande*, page 269.

qu'ils ne s'épargnèrent nulle part, et le même pré-
lat pouvait dire en toute sécurité : « Dans nos
villes et nos villages saccagés, incendiés et dé-
truits, nos prêtres ont défendu leurs paroissiens
contre les fureurs de l'ennemi. Souvent, ils les
ont protégés au péril de leur vie ; ils ont été inju-
riés, maltraités, entraînés dans une douloureuse
captivité ; plusieurs ont été fusillés, et quelques-
uns après de grandes souffrances. »

A l'époque où Msr Turinaz écrivait ces lignes,
il ne pouvait dresser encore le bilan exact des victimes, et nous sommes forcés, après douze mois de
guerre, d'imiter cette réserve (1). Du moins, pour
certains meurtres plus caractéristiques de la manière allemande, pouvons-nous citer au long des
témoignages. La mort des curés de Luvigny,
d'Allarmont et de La Voivre, fusillés les 23, 24 et
29 août 1914, a été racontée par M. Louis Colin,
historiographe attitré du diocèse de Saint-Dié.
Nous laissons à son récit toute sa saveur, sans rien
modifier de ces informations sûres, d'une vérité
d'accent incontestable. Son livre sur l'invasion du
diocèse de Saint-Dié met en œuvre les attestations
des victimes ou de leurs proches. Rien ne nous
paraît à y changer. Abréger de telles pages serait
en ôter la valeur démonstrative. Ce n'est pas
ainsi qu'on invente (2).

(1) Voir page 71 la liste de 22 prêtres français, victimes con-
nues de la guerre, dont 14 sont de Nancy.
(2) Ce livre est publié par la Librairie Bloud et Gay, sous le

C'est à Raon-sur-Plaine que fut exécuté le
curé de Luvigny, l'abbé Buechel; le curé d'Allarmont, l'abbé Mathieu, fut exécuté à Celles. Voici
le récit de leur mort d'après les témoignages
recueillis par M. Colin :

A Celles-sur-Plaine.

C'est la nuit, vers 11 heures du soir, à leur premier sommeil, que les habitants de Celles-sur-
Plaine se sont réveillés dans une panique épou-
vantable, au bruit d'une fusillade intense qui s'est
mise à crépiter du côté d'Allarmont, où l'on avait
commencé à se battre le dimanche 23 août. Le
lundi, au petit jour, la fusillade s'est compliquée
de la canonnade et du crac-crac des mitrailleuses.
Le bombardement a été terrible; il a duré jusque
vers neuf heures. Nos troupes alors s'étant
repliées, l'ennemi était le maître.

A leur premier départ, le 12 septembre, le lendemain de la bataille de la Marne, ils n'ont pas
pour cela abandonné la vallée. Ils se sont canton-

---

titre *Les Barbares à la trouée des Vosges*. L'auteur y décrit, canton par canton, la marche envahissante de l'ennemi. Vivant et
primesautier, son style, qui pourra déplaire à plusieurs, est celui
des curés lorrains qui ont vu et vécu ces scènes et il reflète au
vif — car il est parfois très vif — l'opinion des habitants du
pays. C'est doublement un témoignage, celui de l'auteur et de
son ambiance. Que n'avons-nous autant de monographies semblables des régions envahies !

nés sur sa pointe, à Allarmont, à Vexaincourt, à Luvigny, à Raon-sur-Plaine. De là le deuxième bombardement dont Celles a été le théâtre. Il a eu lieu le 21 septembre avec le recul du 163ᵉ de Nice, qui a été suivi de la rentrée des Allemands, au son des fifres et autres instruments de triomphe. Les Collins, le Grand-Boué, la Ménelle, le bois de la Chapelotte, la Planée, autant de lieux occupés par les belligérants.

La façon dont les Boches ont distribué les étapes de leur retour indique la crainte qu'ils éprouvaient de tomber dans quelques pièges. Ils ont procédé par petits paquets et les gros ne sont arrivés que tout doucement, après que la certitude leur a été acquise que les *Franzouses* n'étaient plus là.

Aucun incident, à part un fusillé, nous dit M. l'abbé Thierry, curé de la localité, n'est à signaler de cette seconde occupation qui dura trois jours seulement; mais il n'en est pas ainsi de la première, fertile en incidents des plus dramatiques. D'abord l'exécution sur le territoire de Celles de mon excellent confrère, l'abbé Mathieu, curé d'Allarmont, et de son maire, M. Lecuve, frère du contre-amiral de ce nom. L'un et l'autre avaient été amenés à la tête des armées ennemies. Arrêtés à leur domicile le jour précédent, vers trois heures, et garrottés comme des victimes avant d'être condamnés, on leur fit subir, pour la forme, un simulacre d'interrogatoire qui dura quelques

minutes. Vainement insistèrent-ils pour connaître
la cause de leur arrestation; vainement M. Lecuve, en particulier, offrit-il, dit-on, une somme
assez ronde, non pour obtenir sa grâce, mais pour
entendre de la bouche de leurs assassins le récit
du crime qu'ils auraient commis; aucune réponse
ne lui fut donnée. Leur exécution eut lieu sur-le-
champ, près de la maison Prosper Lang, le long
du chemin qui va à la côte de la Soye, au bas du
talus, le lundi 24 août, vers 11 heures du matin.
Le général Baden-Baden, qui en était l'auteur
responsable, passe pour être tombé quelques jours
après, par un juste retour des choses, sous les
balles vengeresses de la France!

Le corps des deux suppliciés resta sur place
toute la journée et le jour suivant aux yeux de
tous les passants. Ce n'est que le surlendemain,
26 août, qu'autorisation fut donnée aux habitants
d'Allarmont de venir les rechercher pour les
inhumer dans leur pays. Leur dépouille glorieuse
repose dans le cimetière d'Allarmont toujours
occupé avec Luvigny et Raon-sur-Plaine par les
Allemands, qui n'ont pas cessé, depuis lors de
tenir les hauts de la vallée.

— N'a-t-on rien découvert pour expliquer ces
deux morts mystérieuses? Il semble qu'elles
devraient avoir une apparence de prétexte.

— Quand on cherche, on se perd en conjec-
tures. Les uns ont supposé une chose et les
autres une autre.

— N'a-t-on pas parlé d'enfants qui seraient allés du côté des envahisseurs et qui interrogés par eux sur le motif de leur promenade, auraient répondu que M. le curé les avait envoyés pour voir si les Allemands étaient encore loin du village?

— Hypothèse, jusqu'à nouvel ordre. Dans ce cas, M. le curé n'aurait pu être impliqué. On a supposé aussi que la chute du Zeppelin qui est venu s'abattre sur la route d'Allarmont à Badonvilliers avec une quinzaine d'officiers, était dans l'affaire. Mais quel rapport peut-il y avoir entre la chute d'un Zeppelin et le curé d'Allarmont ainsi que son maire?

— Si c'était sur le territoire de la commune, ils ont pu leur imputer cette chute. N'ont-ils pas fusillé le curé de la Voivre, pour avoir trouvé sur sa paroisse un de leurs soldats tué et un autre blessé par les chasseurs alpins dissimulés dans les futaies du bois Girardin? Lorqu'un Teuton subit une avarie, il se venge d'une autre façon. C'est le tigre en colère qui déchiquette les innocents.

— On n'ose le croire. Je préfère accueillir comme fondé le récit d'après lequel un soldat alsacien qui faisait partie du peloton d'exécution, aurait entendu le bon abbé Mathieu murmurer à ses bourreaux, quand on lui banda les yeux : « Que Dieu vous pardonne!... » Ce qui est la traduction de cette autre parole du Christ, son

maître, à ses bourreaux : *Pardonnez-leur, car
ils ne savent ce qu'ils font.* Le mystère reste
donc, selon moi, autour de cette mort, comme
autour de celle du curé de Luvigny.

— Avez-vous des détails sur cette dernière
exécution?

— Très peu. De science certaine, je ne sais
que deux choses, c'est qu'il était très courageux
et très français de cœur. Manifesta-t-il tout haut
ses sentiments d'annexé? Répondit-il aux envahisseurs d'une façon trop chauvine? Le consi-
déra-t-on comme un insoumis? C'est ce que
j'ignore totalement. Ce qui est certain, c'est
qu'arrêté le dimanche 23 août, à 10 heures du
matin, il a été conduit à Raon-sur-Plaine vers
3 heures du soir; qu'il s'est confessé à M. le curé,
en public, et qu'il a été exécuté un peu après.
Je n'ai pas d'autres détails. On saura le reste plus
tard... peut-être (1). »

Presque en même temps que ces meurtres
s'exécutaient dans le canton de Raon-l'Étape, le
curé de Deuxville, au diocèse de Nancy, tombait
sous les balles des soldats allemands. Le récit de
son martyre a été publié par *La Croix* sous les
initiales d'un témoin qui a recueilli sur place tous
les détails :

« Après une dizaine d'années passées dans la
paroisse de Belan, près Nomeny, et trois ans et

_____

(1) *Les Barbares à la trouée des Vosges*, p. 252 à 255.

demi à la Neuville-les-Toul, M. Joseph Thiriet est depuis vingt-cinq ans curé de Deuxville, petite commune du canton de Lunéville (Meurthe-et-Moselle).

Portant allègrement ses 64 ans, il se multiplie dans sa paroisse. On le trouve partout où il y a une misère à soulager.

La religion n'a-t-elle pas un baume pour toutes les blessures?

Au chevet des malades, il apporte les inénarrables consolations.

Son zèle sacerdotal l'entraîne vers les œuvres postscolaires, et bientôt nous voyons fleurir au pied de la colline de Saint-Epvre ces groupements de jeunesse, espoir de l'avenir. Et ce sont les missions magnifiques dont chaque paroissien garde pieusement le vivant souvenir.

Né à Hoéville (Meurthe-et-Moselle), le 7 février 1850, M. Thiriet est de cette région lorraine dépeinte par Barrès : « Pays de grands bois et de grands sentiments. Les arbres et les hommes naissent pleins de sève et le cœur solide. »

Vinrent les heures tragiques d'août :

Étant en pèlerinage à Einsiedein, ce fut une grande douleur pour le curé de Deuxville de ne pouvoir, avant leur départ, saluer et encourager *ses jeunes* partant au secours du pays.

Du fait de la mobilisation, les communications avec la Suisse ne sont point aisées. Il s'inquiète, car il n'aura ni trêve ni merci avant qu'il ne soit à son poste dans la petite cité qui lui est confiée, au sein de la famille où il est vénéré.

Le danger est proche. La voix du canon devient plus distincte. Cédant le pas devant les forces supérieures de l'ennemi, nos troupes reviennent du pays annexé.

La lutte est âpre sur le plateau de Courbesseaux et dans les bois d'Einville. Dans la matinée du samedi 22 août, le recul s'accentue, permettant à la botte des soudards germains de fouler les champs de Deuxville et les rues de Lunéville.

Là-haut, sur les hauteurs de Saint-Epvre — nom du patron de la paroisse — et plus loin de Léomont, la lutte continue.

Les fermes sont en feu. Ces coins d'une terre opulente, devant dire la joie de l'abondance, sont d'un aspect tragique. On se bat dans les blés. Les épis tombent sous la mitraille, et la moisson qui sera faite sera celle des morts.

Les habitants, pour s'abriter du bombardement, se réfugient dans les caves. Le pasteur est avec ses ouailles et les réconforte. Les devoirs augmentent avec le danger. Ce n'est pas un froid égoïsme qui le fait aller de l'un à l'autre, mais, comme un père, il est là au milieu de la famille désolée, supportant les privations de tous, partageant les angoisses de chacun. C'est un cœur qui sait compatir aux maux, s'apitoyer et encourager.

Le mardi 25 août 1914, à Rozelieures, comme

dans les parages de Vitrimont, l'avance allemande était brisée, et les hordes teutonnes recevaient de magistrales brossées.

Aussitôt, la mauvaise humeur des envahisseurs se manifeste par de nombreuses représailles. Ils multiplient otages, meurtres, pillages et incendies.

Dans un bombardement, si une cathédrale ou un clocher sont les premiers objectifs des destructeurs boches, le prêtre est la première victime de la haine germanique.

Ceux qui ne laissent après eux que deuils, ruines et désolation s'attaquent en premier lieu à celui qui, dans la paroisse, reste le plus écouté, le plus respecté, le plus aimé. C'est de lui qu'ils exigeront les premières garanties. C'est lui qu'ils comprendront dans la première fournée d'otages, et c'est encore lui qu'ils chargeront de proclamer : ordres, avis et ukases, parfois au son du tambour.

Or, ce mardi 25 août, entre 3 et 4 heures de l'après-midi, un officier allemand mande M. Thiriet et, sans lui laisser le temps d'aller se chausser, revoir sa vieille sœur de 70 ans et saluer ses compagnons d'infortune, le fait emmener vers Crion par six brutes boches.

Sous un soleil de plomb, nu-pieds, par Frescati, Jolivet et la roide côte de Sionviller, le pauvre curé gravit son calvaire. Peu après, le maire de Deuxville, Jules Bajolet, brave homme de 46 ans, père de cinq enfants, partage son sort.

Le lendemain, mercredi 26 août, les habitants de Crion, terrorisés, restaient prudemment dans leurs demeures, quand, vers 11 h. 1/2 du matin, un feu de salve, bientôt suivi d'un second, crépitèrent aux abords de l'église et de la mairie.

Un peloton, composé d'un officier et six hommes, venait de fusiller le brave curé, qui était assis devant le hangar des Leloup, à la bifurcation des routes de Bonviller, Sionviller et Hénaménil. A cette vision d'horreur, le maire Bajolet se levait pour fuir, pauvre homme ! A quatre pas, les assassins du kaiser l'abattaient à son tour sur le fumier voisin.

Après deux jours seulement, les corps furent ensevelis dans le cimetière de Crion.

Pour justifier leur crime, les Boches invoquèrent le fallacieux prétexte que des signaux avaient été faits par les victimes, du clocher de Deuxville.

Mensonges ! Comme toutes les allégations ridicules et les fausses accusations échafaudées qui resteront à la honte des bandits de grands chemins et des barbares de l'Est.

Tant du fait de sa situation encaissée que de la faible hauteur du clocher de sa modeste église, Deuxville n'est guère favorable à la signalisation.

Ce fut le 27 septembre que les deux innocentes victimes des Barbares furent ramenées au cimetière de Deuxville, où, unies dans la mort, elles dorment leur dernier sommeil.

Entre temps, l'ennemi avait incendié volontairement quinze maisons. Tous les habitants, au nombre de 370, furent emmenés le 7 septembre, à Lunéville, et enfermés dans la salle Stingré, près de la gare, jusqu'au samedi matin 12, où notre arrivée marqua l'heure libératrice.

Quel cœur resterait insensible au récit de la fin du curé de Deuxville?

Sa mort héroïque l'a grandi dans la vénération des populations lorraines.

Ce n'est d'ailleurs pas d'aujourd'hui que datent le dévouement et la vaillance du clergé. A toutes les époques de notre histoire, par son courage, son abnégation et ses vertus, il a été une des gloires de la patrie. Nous le suivons à travers les âges écoulés, remplissant de son nom nos annales. Il est juste qu'il ait droit à notre tribut d'admiration. »

Paul T...

En campagne, juin 1915 (1).

Quatre jours après le meurtre de l'abbé Thiriet, le diocèse de Saint-Dié payait à son tour nouveau tribut à la haine des envahisseurs par le supplice de l'abbé Lahache, arrêté dans sa paroisse de La Voivre. Laissons parler M. Colin qui a raconté ce forfait d'après des sources incontestables :

« Le curé mis à mort n'est déjà plus un inconnu. Son nom a figuré dans les colonnes de la presse

(1) *La Croix*, de Paris, 25 juin 1915.

qui s'en est emparé, comme de tout, à la va-vite. Je crois, qu'il n'est pas un seul journal, sauf *La Lanterne*, qui ne l'ait enregistré, à la suite du salut ému et émotionnant que lui a donné, au passage, mon éminent compatriote, Maurice Barrès, dans l'*Echo de Paris*. Mais il mérite infiniment mieux que quelques lignes de chronique contemporaine emportées par le tourbillon des événements.

L'abbé Lahache en son genre était une figure de relief que sa mort glorieuse a placée sur le chandelier. Elle y restera dans le nimbe de son auréole de victime.

Dans une publication qui porte le nom d'*Annuaire de la Curiosité et des Beaux-Arts*, sous la rubrique : « Amateurs Collectionneurs », libellé qui figure dans l'édition de 1914, je trouve son nom accolé à cette mention qui résume, après les occupations de son ministère paroissial, les études qui ont été la marque distinctive de son existence ici-bas : « Livres et Documents régionaux, *surtout concernant la Révolution.* » C'est là qu'il occupait ses loisirs, à la recherche des traits et des paroles qui constituent la physionomie propre de chacun des prêtres guillotinés de l'époque des Grands Ancêtres.

Tout jeune encore, ses pensées semblaient glisser comme d'elles-mêmes vers les horizons de l'histoire. « Quand on voit, écrivait-il à son père, juge de paix à Xertigny, défiler les événements avec une rapidité effrayante, comme la campagne à travers les vitres d'un wagon, il fait bon penser à la stabilité du bonheur éternel. Il y a gros à craindre que cette année (1878), ressemble à ses devancières. Quand elle disparaîtra, elle emportera bien des folies contre Dieu et son Église. Mais *l'histoire viendra un jour déterrer tout cela* pour la gloire de Jésus-Christ. »

Son dernier travail avait été, par invitation de l'Évêché de Saint-Dié, de fournir les renseignements désirés sur les prêtres vosgiens, à un ecclésiastique de La Rochelle, M. l'abbé Manceau, ancien curé de Saint-Martin-de-Ré, qui prépare les notes nécessaires au procès de béatification des martyrs, déportés près de cette ville, pendant la Révolution.

Sa sœur, qui, toute sa vie vécut auprès de lui comme son ombre bien-aimée, lui ayant un jour demandé pourquoi il s'absorbait ainsi avec passion dans l'étude d'une époque aussi triste, alors que la nôtre est déjà si pleine de soucis, il lui répondit que le passé, par ses exemples, était une école pour l'avenir.

La veille de sa mort, au fond de la cave où l'on s'était réfugié pour laisser gronder sans péril l'orage des obus allemands, il eut une riposte non moins de circonstance. C'était le 28 août, et le 28 août marque au calendrier liturgique la fête de saint Augustin. A sa sœur qui lui en faisait l'observation, il dit sans y songer, mais avec un

à-propos saisissant : « C'est vrai... c'est aujour-
d'hui la saint Augustin *qui mourut pendant le
siège de sa ville épiscopale par les Barbares.* »
Rapprochement suggestif, comme on parle de nos
jours, qu'on me pardonnera d'avoir souligné ici,
en même temps que la lettre ci-après, écrite à
celle de qui je la tiens :

« Dieu réservait à son bon et fidèle serviteur la
palme du martyre, en récompense de sa vie si
pure, si bien remplie par le travail et la prière.
Votre cher frère que nous avons apprécié depuis
longtemps et pour lequel nous avions de la vénération et un affectueux respect, méritait de mourir
comme tous les héros et les martyrs dont il rela-
tait les noms dans ses Notices biographiques.
N'avez-vous pas comme nous la certitude que
cette légion d'apôtres de la Révolution sont ac-
courus pour accueillir celui qui les a glorifiés
dans ses écrits? Aussi invoquons-nous notre cher
défunt avec une réelle confiance. Sa seule souffrance, croyez-le, fut de vous abandonner ; car,
c'est joyeusement qu'il allait au martyre! »

De cette mort glorieuse, voici le récit :

Dans la matinée du 28 août, vers 8 heures, un
feldwebel se présentait sur la porte du presbytère
de La Voivre. Poli, mais raide dans ses entour-
nures comme un homme de carton, il demanda à
brûle-pourpoint à M. l'abbé Lahache s'il y avait
encore des soldats français à La Voivre. *Non*, fut
sa réponse. Le sous-officier insista. En feriez-vous

serment? dit-il. La question était osée. Le curé lui répondit : Si l'autorité me le demandait, je ferais serment que je n'ai plus vu de soldats français depuis hier.

Hier, c'était le 27. La réponse avait lieu le 28.

Or, le samedi 29, vers six heures, l'abbé Lahache sortit de chez lui pour aller célébrer sa messe. Cela dura plus que de coutume. Sa sœur, prise d'une vague inquiétude sortait sur le pas de sa porte pour aller au-devant de lui, lorsqu'elle l'aperçut qui arrivait escorté par quatre Prussiens. « Qu'avez-vous donc fait si longtemps? lui dit-elle. — Je viens de mon clocher, » fit-il. La réponse du frère étonna quelque peu la sœur. Elle apprit ensuite qu'au sortir de l'église, l'abbé était allé au débit remplir sa tabatière de travailleur et d'érudit, et que, chemin faisant, il avait été arrêté par quatre Allemands, au moment où la troupe ennemie arrivait au village.

Cette mainmise inattendue se greffait sur la découverte de deux de leurs soldats, l'un tué et l'autre blessé, à 200 mètres de là. D'où venaient les deux balles meurtrières qui avaient perpétré l'attentat? Elles ne pouvaient être venues que du clocher. Hiboux des tours d'église qui partout servaient à préparer leurs embuscades, les Allemands s'imaginaient, les drôles, que toutes les balles perdues leur étaient lancées de la tour qui domine chaque village. Curé et clocher, voilà leurs ennemis. Aussi, en dépit d'un groupe de chasseurs alpins dissimulés 400 mètres plus haut, sous une futaie mamelonnée qui porte le nom de Bois-Girardin, ils n'eurent aucun souci de faire la plus petite enquête de ce côté. Le clocher, c'était le clocher qui était le coupable : le curé devait être arrêté.

Il le fut et on lui demanda les clefs de son église, laquelle était fermée.

Les clefs étaient dans sa poche. Il les offrit sur-le-champ, et l'on grimpa les escaliers pour y faire une battue en règle. Peine perdue du reste. Ni civil, ni soldat ne s'y révélèrent. Néanmoins, l'abbé Lahache n'échappa pas à la poursuite des quatre hommes qui lui faisaient escorte, au moment où il rentrait chez lui.

— Me permettez-vous de monter dans ma chambre pour y déposer quelque chose?

— Vous le pouvez.

Pendant ce court instant, le chef de patrouille, avec le mensonge allemand sur le bout des lèvres, posa en homme vertueux. Il dit à la sœur que les Français n'étaient pas raisonnables d'incendier ainsi leurs maisons et de mettre les villages dans le triste état où les Allemands les trouvaient à leur arrivée!!! Le brave homme!

Le curé redescendit à la minute, avec son bréviaire à la main, et se mit à table pour déjeuner, ce qui fit parler l'appétit des « kamarades ».

— Auriez-vous du vin à nous offrir, murmura le chef?

— Du vin, j'en ai un peu, mais je n'en offre guère, car mes moyens ne me le permettent pas. Mais passe pour la circonstance.

— Je sais, dit le brave homme, les curés en France sont mal payés.

La sœur mit quatre verres sur la table et le curé les remplit. Du vin on passa au pain. Le chef mit la main à un morceau qu'il retourna avec un simulacre de demande. « Il est bon, votre pain, fit-il après la première bouchée. Depuis le 1ᵉʳ août que *j'ai quitté Paris*, je n'en avais plus goûté. »

La scène se passait à la cuisine. Tout en dégustant son pain et son vin, notre « Parisien » faisant demi-tour, aperçut une carte sur le mur. C'était une carte de l'état-major sur laquelle, à leur arrivée à La Voivre qui était de date assez fraîche, la sœur avait tiré trois lignes rouges. Ces lignes étaient droites comme celles des tables d'orientation. Elles avaient été tracées dans le même but. Toutes trois partaient de La Voivre et s'en allaient formant éventail, l'une à Jussarupt, l'ancienne paroisse du curé, l'autre à Épinal, l'autre à Sercœur.

— Monsieur le curé, demanda le sous-officier, voilà une carte qui nous intéresse. Ce disant, il la détacha, puis ajouta : C'est tout ce que nous vous prenons. En avez-vous d'autres semblables ?

— Oui, mais je ne sais où elles sont.

— Êtes-vous prêt ?

— Oui, je le suis.

Tout étonnée, la sœur dit au frère : « C'est que vous repartez ! »

— Il paraît.

Sur quoi le Teuton de Paris coupa le dialogue en l'honneur de la vérité allemande. « Nous emmenons M. le Curé dit-il, pour trois ou quatre heures. »

Mlle Lahache le crut sur parole ; mais prise de la pensée qu'on pourrait le détrousser sur le grand chemin — quand on est aux mains des brigands ces pensées-là vous viennent à l'esprit — elle dit à l'abbé : « Vous n'avez rien à me remettre ? — Si, voilà ma bourse. »

La porte s'ouvrit et se referma. Ceux qui virent passer l'étrange convoi s'arrêtèrent tout étonnés. Le curé s'avançait bravement au milieu de ses geôliers, en récitant son bréviaire, du côté de la route nationale qui mène à Raon-l'Étape. C'est dans cette direction que les deux Allemands étaient tombés et que le gros des troupes d'entrée avait suspendu sa marche. Ils y gisaient encore. Le pauvre curé vit même le blessé au point terminus, près de la maison Grosgeorges, et fit l'offre de son ministère pour le cas particulier et général.

Un siège longeait le mur de la maison, l'accusé fit station dessus.

Entre temps vint à passer la femme Haas, restée seule dans le quartier, et dont l'habitation est contiguë, qui, surprise de le voir ainsi mené de Pilate à Hérode, s'arrêta devant lui : « Où donc allez-vous comme ça, monsieur le curé? — On m'emmène je ne sais ni où, ni pourquoi... » C'en fut assez. Pour lui apprendre à poser des questions, la femme Haas fut mise en état d'arrestation et grossit l'escorte.

Alors la pauvrette se mit à pleurer. « Ne pleurez pas, filles d'Israël, disait le Christ aux femmes qui l'accompagnaient à son Calvaire. » « Gardez votre sang-froid, lui intima le bon curé, ému lui-même de la voir en larmes. On veut nous effrayer, on ne nous fera pas de mal. »

Le trajet du retour s'effectua par les mêmes lieux, mais avec bifurcation, sous l'escorte de toute la troupe d'entrée, fantassins et cavaliers, qui prirent le pas derrière et remplirent toute la route. Le canon tonnait alors de toutes ses forces, entre La Voivre et Saint-Michel. Un peu avant d'arriver à l'église se trouve une issue qui mène à la campagne. On la prit un instant, puis on la quitta pour tourner à gauche par des plis de terrain dissimulés et bien à l'abri de la vue des Français. On rejoignit ensuite dans la vallée de la Hur, le chemin de la Hollande-d'Hurbach.

A cette manœuvre insolite et inattendue, le curé de La Voivre commence à ouvrir les yeux. Se tournant alors vers celle qu'il affermissait tout à l'heure et qui n'était là que pour être le témoin de sa mort, témoin préparé par les Allemands pour répandre la terreur dans tout le pays, il lui dit :

« Ma pauvre madame Haas, je crois que nous sommes perdus. Récitez votre acte de contrition, je vais vous donner l'absolution. » Puis gravement, solennellement, il prononça la formule du pardon divin qu'il accompagna, sous les yeux des soldats, d'un grand signe de croix.

La marche en avant allait bon train. Elle était même si rapide que, chaussée de ses sabots de travail qu'elle n'avait pu échanger contre des souliers, la femme Haas pouvait à peine suivre. Alors les soudards de son entourage la rudoyaient et la brutalisaient sur le chemin : « Plus vite, criaient-ils en la bourrant. Va-t'en plus vite, *schnell, schnell*. Toi fusillée ! » A plusieurs reprises, le curé de La Voivre, lui aussi, entendit les mêmes invitations à presser le pas ! *schnell, schnell !* Les bourreaux avaient soif du sang de leur victime « Ce que tu fais, fais-le vite », dit le Christ à Judas.

Parvenus au point désigné, les chefs de la cohorte s'arrêtèrent pour délibérer. Laissant à l'écart, sur le bord de la route, ses deux prisonniers, leur conseil de guerre se forma, mais n'interrogea pas. Qu'avait-il besoin de témoigner pour rendre sa sentence ? La cause était entendue. A l'instar de Caïphe qui déchira ses vêtements, ils firent des gestes et prononcèrent des paroles de colère. La séance fut longue. Elle fut orageuse aussi. Les oreilles et les yeux de Mme Haas devaient en être frappés. De là cet appareil de

haut tribunal et de mascarade judiciaire. La
pauvre femme qui comprend un peu l'allemand,
aurait bien voulu saisir quelques paroles au milieu
de leurs glapissements prolongés, mais elle ne le
put pas. Ce n'est qu'après l'exécution qu'elle
connut de leur bouche les considérants du ver-
dict. On y avait mis en cause le clocher, la carte
de l'Etat-Major et le téléphone que tout curé,
ardent patriote, devait posséder chez lui pour com-
muniquer avec l'ennemi...

Leur grotesque simulacre de justice terminé,
les officiers de Guillaume lui crièrent d'approcher.
Ils lui commandèrent ensuite de se mettre à
genoux, et trois fois de suite, à voix très haute,
afin d'en rendre l'expression plus terrible, ils lui
lurent leur sentence et sa condamnation. Aucun
des chefs d'accusation ne tenait debout, ni le clocher, situé précisément dans la trajectoire des
balles du Bois-Gérardin, ni la carte de l'Etat-Major
sur laquelle ils n'informèrent pas, ni le téléphone.
Le clocher était sans soldat, la carte de l'Etat-
Major sans ligne de guerre, le téléphone sans existence. Les trois accusations étaient donc fausses
sur toute la ligne.

S'étant relevé pour prendre la direction du lieu
qui lui était signifié pour son exécution, le condamné, à son passage devant l'infortunée Mme Haas,
lui remit une relique qu'il accompagna de ces
suprêmes paroles : « Voilà ma montre. Vous la
remettrez à ma sœur en lui disant que je la pré-

cède dans l'éternité et qu'elle prie pour moi. »
Relique deux fois sacrée qui fut volée le soir
même à Saint-Michel où la femme Häas avait été
conduite et retenue.

Parvenu sur le champ de sa sépulture et les
ailes déployées comme celle de l'aigle, la victime
ne se répandit pas en larmes ni en gémissements.
Elle sourit dans la joie de son âme à la Croix de
son Maître, puis d'une voix transfigurée par les
espérances éternelles, pendant qu'il se bandait
les yeux avec son mouchoir, l'abbé Antoine Lahache entonna son chant de départ et d'arrivée,
la prière sublime de sa comparution au tribunal
de Dieu : *Libera me, Domine, de morte œterna.*
Cri de délivrance, appel suprême à la miséricorde
du Juge, *in die illa tremenda, quando cœli mo-
vendi sunt et terra,* lorsque le ciel et la terre en
mouvement l'un contre l'autre seront en guerre,
à l'arrivée sur les nuées du Juge des juges, qui
vengera les victimes et condamnera les bourreaux !

La scène était si poignante et si radieuse tout
à la fois, que la femme Haas, après en avoir fait
le récit, ajouta : « Non je ne puis comprendre, je
ne comprendrai jamais comment ces monstres ne
se sont pas arrêtés tout court, comment ils ont pu
passer outre. C'était saisissant à fendre les ro-
chers. »

Ein !... Zwei !... Drei !...

3

Dix coups de fusil partirent, cinq au cœur et *cinq à la tête*. Tout était consommé !

Ses bourreaux l'enfouirent un peu plus loin, à fleur de sol.

Or, à peine avaient-ils pris le chemin du retour, en compagnie de la femme Haas, plus morte que vive, que tout à coup, en réponse à la fusillade, un sifflement de balles lointaines leur passe sur a tête. C'étaient les chasseurs alpins du Bois-Girardin qui, mis en éveil par des coups de fusils entendus, continuaient sans doute comme le matin, dès la première aube, à saluer les Boches de leurs carabines.

« Nous avons fusillé le curé de La Voivre, raconta le colonel allemand à M. Birker, de la Pêcherie, *parce que nous avons trouvé dans sa localité des gens qui nous ont desservis*. » Paroles iniques qui renferment toute la « cultur » dont le dernier mot est de se venger sur l'innocent, sans se préoccuper de rechercher ceux qui à leurs yeux sont coupables.

La dépouille empourprée de l'abbé Lahache est restée en grande vénération à La Voivre. Ramenée quinze jours après au cimetière de sa paroisse, qui avoisine l'église, elle a été de la part des soldats de passage dans ce petit pays l'objet des plus touchantes manifestations. Ce sont eux qui de leurs propres mains ont façonné et planté la croix provisoire qui domine sa tombe.

C'est le colonel qui a voulu en prendre les

frais à sa charge et dicter l'inscription qui s'y trouve :

MORT POUR LA PATRIE

IL REPOSE : GLORIEUSEMENT EN DIEU ! » (1)

La mort du P. Véron S. J., aumônier militaire, qui succomba aux mauvais traitements de ses bourreaux, a été rappelée par notre collaborateur, M. François Veuillot, dans son chapitre la *Guerre aux Églises et aux Prêtres* (2), ainsi que le douloureux martyre du curé de Vareddes, vieillard de 75 ans, disparu depuis l'invasion de sa paroisse.

Mieux vaut reproduire ici le témoignage irrécusable de l'abbé Sueur, curé de Villers-Saint-Frambourg (Oise) (3).

« Le 28 août 1914, à titre d'aumôniers volontaires pendant la guerre, nous fûmes dirigés sur Laon pour y recevoir une affectation définitive dans un corps d'armée. Les deux abbés Havret et

---

(1) *Les Barbares à la trouée des Vosges*, p. 172 à 183.
(2) *La Guerre allemande et le Catholicisme*, p. 118.
(3) *La Croix* du 23 septembre 1914 consacrait à l'odieux meurtre commis par les soldats du Kaiser un article de M. François Veuillot sous le titre significatif *Le martyre du P. Véron*, qui commençait ainsi : « J'ose écrire ce mot de martyre après avoir eu la poignante émotion de recueillir, de la bouche même de son compagnon de souffrance, le récit des derniers jours du saint religieux. C'est M. l'abbé Sueur, curé de Villers-Frambourg, au diocèse de Beauvais, qui, d'une voix frémissante et exténuée, en phrases décousues, haletantes, mais d'une éloquence supérieure à tous les effets oratoires, m'a révélé ces détails lamentables et sublimes. Sa soutane fripée, son chapeau troué, ses joues creuses accentuaient la vie de ses confidences, en confirmaient la sincérité. »

Véron, qui avaient demandé d'être ensemble, et moi fûmes envoyés au 1ᵉʳ corps. Le quartier général changeant de place chaque jour, les difficultés furent réelles de le rejoindre. Enfin nous fûmes mis en présence du général Lemoine, du service de santé, qui affecta les deux abbés à la 2ᵉ division (ambulances) et me plaça également dans la même division au groupe des brancardiers.

« C'est en vue de rejoindre nos postes dans une direction commune que tous trois nous arrivâmes un soir à Samoussy, village à 8 kilomètres de Laon. Là nous eûmes la joie de nous rencontrer avec les aumôniers titulaires de Lille et de Cambrai, en compagnie desquels nous prîmes notre souper avec les officiers du service de santé. Ces aumôniers nous donnèrent quelques renseignements et avis très pratiques sur notre nouveau genre d'apostolat. Il me souvient que l'un d'entre eux nous signala le décès d'un aumônier titulaire du 1ᵉʳ corps, mort des suites de ses blessures, celui d'un religieux et d'un séminariste. Pour une fois, nous dirent-ils, ils allaient coucher sur un matelas. C'était bizarre de voir ces cinq aumôniers dans une même chambre d'une maison abandonnée s'étendre à moitié déshabillés. Ce ne fut pas pour longtemps. Au bout d'un quart d'heure, au cri Alerte ! ce fut la débandade. Avec les deux abbés Havret (âgé de 58 ans) et Véron (52 ans) j'attendais sur la place la fin du défilé de la colonne. Un officier vint nous avertir que nous partirions le lendemain à neuf heures et nous inviter à nous reposer.

« Nous étions alors près de la mairie et maison d'école. Un nouveau contre-ordre survint qui fit partir à quatre heures et demie les voitures d'ambulance. L'instituteur interrogé avait répondu de bonne foi, nous ayant vus la veille au soir : « Ils sont partis hier avec la colonne. » Cette erreur fut l'arrêt de mort de M. l'abbé Lucien Véron. Le malheureux avait eu un pressentiment du départ de nos voitures d'ambulance. Il avait célébré sa messe, la dernière, sur une commode de la chambre. A sept heures, avertis du malentendu, nous fûmes inquiets de savoir comment rejoindre les troupes et à quel endroit.

« Plus décidé, l'abbé Havret essaya d'aller jusqu'à une ferme voisine pour y trouver cheval et voiture. Son retour tardant, notre anxiété redoubla. Renseignement pris, les recherches de l'abbé Havret étaient demeurées vaines, mais il avait suivi une voiture réquisitionnée contenant un blessé évacué au pas sur les ambulances, sans avoir pu nous prévenir, mais avec l'espoir de nous envoyer, dès l'arrivée à l'ambulance, une automobile.

« Après avoir attendu jusque dans l'après-midi avec nos sacs et cantines réglementaires, nous prenons le parti de rejoindre Laon à pied, non sans avoir fait certifier par le maire de Samoussy le motif de notre séjour et consigné officiellement

nos cantines et le sac de M. l'abbé Havret (qui
aura dû en être fort privé). En ce moment, on
vint signaler l'arrivée d'une patrouille de uhlans.
Il fallait partir. Côtoyant une trop longue caravane
d'émigrés, nous nous dirigeâmes sur Laon. A
Vaux-sous-Laon, une patrouille tira une soixan-
taine de balles sur le pays. Ce fut la course effré-
née, la panique des émigrés et des habitants.
Deux soldats nous arrêtèrent pour les aider à
se faire céder par un émigré sa voiture et un
superbe cheval. « Ordre du général », dirent-ils. Il
faut que nous ayons raison de ces uhlans. Nous
arrivons à la mairie de Laon. Il ne s'y trouve plus
ni général, ni soldats. Troupes et habitants avaient
été évacués. A travers cent péripéties, partis de
Laon à trois heures et demie du matin, espérant
rencontrer un train, nous parcourûmes à pied
Soissons, Villers-Cotterets et Crépy-en-Valois. Plusieurs fois arrêtés et fouillés, nous fûmes relâchés
tout de suite. Il faut dire ici que pour cesser d'ex-
citer l'animosité que provoquait sur la route chez
les émigrés la vue de nos brassards d'ambulan-
lanciers, nous les avions ôtés. A Crépy-en-Valois,
me trouvant très près de ma paroisse de Villers-
Saint-Frambourg, au canton de Senlis, nous déci-
dâmes de tenter un suprême effort pour passer.
L'abbé Véron avait une hâte fébrile de trouver un
moyen de rejoindre son corps d'armée, et il nous
paraissait que le plus simple était de gagner
Paris. Il va de soi que nous ignorions la position

et l'avance des ennemis. À la sortie de Crépy, on
nous arrête : j'exhibe un permis de circuler signé
du maire de ma commune et me réclame de mon
titre de curé de Villers-Saint-Frambourg, près de
Senlis. — « Troupes à nous à Senlis, vous pas
passer... Vous aller dire à vos troupes où nous
sommes, vous espions ! » Qu'auraient-ils dit s'ils
nous avaient su à la recherche de notre corps
d'armée? Cela nous saute aux yeux, et nous avons
soin de ne rien dire en ce moment de notre qualité d'aumôniers. Conduits vers un colonel et
condamnés aussitôt à rester vingt-quatre heures
prisonniers, on tomba d'accord de nous garder
jusqu'à ce que l'armée allemande soit à Paris.
Conduits par un groupe de soldats ivres à l'église
de Crépy, nous entendons sur la route répéter
autour de nous les mots : pastor katolik, qui devait
tant de fois encore résonner rageusement à nos
oreilles. J'essayai de me libérer en demandant le
curé « le pastor du pays ». L'abbé Abraham était
absent. Ce fut un vicaire qui vint nous recon-
naître. Vains efforts. Tout ce qu'il put faire fut de
nous apporter un demi-verre de vin. Ce pauvre
jeune homme si compatissant et d'un naturel si
doux, j'ai appris à mon retour, samedi soir,
12 septembre, que deux jours auparavant, il avait
été enlevé en captivité par les Allemands au
moment où il venait d'enterrer un enfant au cimetière en pleine campagne. Dans l'église, à notre
arrivée, ronflaient déjà, étendus à terre, 30 soldats

anglais, dont un écossais, prisonniers. Le lendemain, à quatre heures du matin, ce fut le départ,
le commencement du supplice et de la voie douloureuse. Nous traversons Crépy où flambaient
plusieurs maisons ; sur le mur calciné de l'une
d'elles le feu avait respecté une statuette de la
Sainte-Vierge. Nous allions vers Meaux, par Nan-
teuil-le-Haudouin. C'était moins une marche
qu'une course. Partout on nous montrait aux
troupes revenant du combat comme on eût fait
d'une ménagerie ou d'un butin de guerre. En
route, on nous adjoint huit chasseurs à pied, deux
lignards, un civil et six marocains. Notre vue
excitait une joie délirante, puis des cris de fureur,
les poings menaçants visaient surtout les Anglais
et les noirs. Nous marchions par rangs de
quatre, entourés à droite et à gauche de soldats,
baïonnette au canon. Celui des Marocains qui
avait autorité sur les autres fit de la main le geste
de se couper le cou, demandant à son gardien si
on le tuerait. L'homme répondit par un geste
négatif et le noir lui prit la main et la baisa.
Mais il faut parler, hélas ! de nous deux qui fer-
mions la marche. C'étaient autour de nous des
cris : « Oh ! pastor, pastor katolik, schismatiques ! »
Au repos, injures, coups de pied, coups de crosse
nous assaillaient. Un soir, du côté de Brégy,
pelotonnés par terre à la porte d'une église, nous
reçûmes une grêle de pierres. Pour ma part, un
violent coup de poing en pleine figure me fit sai-

gner abondamment. Nos chapeaux nous furent
arrachés, jetés à terre et piétinés avec rage. Enfin,
un officier donna ordre de les retrouver et de
s'écarter de nous. Une autre fois, durant une
scène semblable, sous le plein soleil de midi, dans
un champ labouré, un chef, un commandant je
crois, vint à passer. Il prit le numéro des baïon-
nettes de nos deux gardes et dit en français :
« Respectez les deux pauvres prêtres, selon les
traités ! » Ce furent les seules paroles consolantes
que nous entendîmes et bientôt, hélas ! nous les
payâmes cher. Là une de nos sentinelles avait
voulu changer ma montre contre la sienne et, sur
mon refus, me frappa.

Comme il ne fut jamais possible de nous expliquer, nous dûmes suivre la colonne jusqu'aux
portes de Meaux. Ce jour-là, l'abbé Véron et moi
fûmes roués de coups, frappés à coups de gourdes
sur la tête nue. Et nous entendions ces stupéfiantes
paroles : « C'est la faute à pastor ! » Nous compre-
nons qu'ils viennent d'être vaincus. Quelle joie !
C'est ce jour-là, je crois, que nous fûmes conduits
sur le champ de bataille, près d'une batterie (et le
danger força de nous changer de place à plusieurs
reprises), et abrités derrière un mur.

Je dus aussi plumer une poule encore palpi-
tante. Nos gardiens mangeaient, mais pas une
seule fois ne nous fut distribuée la moindre nourriture. De l'eau et quelques pommes ramassées
sous les arbres, ce fut notre seule ressource pen-

dant cinq jours pleins. Les soldats français
reçurent des troupes en marche quelques bribes
de chocolat et des morceaux de pain. Mais chaque
fois, c'était la même consigne haineuse : *nicht
pastor*, pas aux curés. M'étant approché des soldats et ayant reçu une tablette ne chocolat, je
tentai de la passer à l'abbé Véron. D'un coup de
pied, je fus renvoyé à ma place. Au quatrième
jour de ce martyre, le pauvre abbé, épuisé, n'en
pouvant plus, tomba le soir sur la route. Il est
relevé à coups de bottes, on lui arrache son sac,
sa ceinture, son chapeau, et ce qui lui fut le plus
pénible, son binocle, si bien qu'incapable
d'avancer, hagard, il tombe, refusant d'aller plus
loin. À une halte, à la porte d'un café, où sa vue
arrache des larmes à l'aubergiste, le sergent
permet qu'on lui donne un peu de vin et à manger.
À bout de forces et déjà presque sans vie, il refuse :
« Je ne puis pas, » répondit-il épuisé. En vain je
demande qu'on l'envoie chercher en voiture. —
Refus obstiné des chefs. Je le soutiens par le bras.
Le sergent m'avait dérobé montre, porte-monnaie,
portefeuille. Mon malheureux compagnon avoue
que, portefeuille excepté, il est dans le même cas.
Deux kilomètres restaient à franchir avant d'arriver à l'étape du soir, qui du reste consistait pour
nous à coucher dans les chaumes où le matin je
me réveillais claquant des dents. À ce moment,
l'abbé Véron tombait d'inanition. Il avait mar-
ché deux heures portant, outre son propre sac,

un lourd sac de soldat allemand entouré d'une capote. — Il fallut le hisser sur un cabriolet : sa tête y retomba lourdement. Je suivis la colonne. Arrivés dans la cour de l'école de Saint-Quentin-Louvry-sur-Aisne où nous devions coucher sur l'herbe, nous y étions depuis quelques minutes quand le sergent appelle : *Pastor*. Je cours, et du geste il me montre l'abbé Véron affalé sur un tas de pierres et de tessons de bouteilles au milieu des orties, et il me dit : « *Pastor capout!* » — Horreur ! il était moribond. « Me reconnaissez-vous ? » lui dis-je. Il fut quelque temps à reprendre ses sens et à répondre. Je lui donnai l'Extrême-Onction. Par une fenêtre, on le hissa sur un lit. J'entrai. On insultait à son agonie. La sentinelle qui, baïonnette au fusil, était de faction à la fenêtre faisait le geste de le percer et de l'achever à coups de bottes. Par gestes, je fais comprendre que je demande un médecin. Au bout d'une demi-heure, un major arrive qui prononce les mots d'épuisement et de fin. Le mourant entendait tout. Le major m'expliqua qu'il me laissait un papier autorisant à demander un médecin civil et qu'il allait envoyer son aide avec un remède. Ce fut une piqûre à la cuisse. « Piqûre de quoi ? » demandai-je, lorsqu'elle fut faite. — *Nicht*, fut la réponse. Je lui donnai une absolution suprême, lui demandai ses dernières volontés, s'il pardonnait : « Tout et à tous, comme Notre-Seigneur, » me répondit-il. Je passai la nuit allongé sur le parquet près de son lit.

Le matin, à quatre heures, je fus réveillé par un officier, accompagné d'une femme chez qui je dus descendre avec le fameux papier du major, pour mander un médecin. C'eût été le salut, s'il n'avait été trop tard pour le martyr. « Ils m'ont fini! » soupira-t-il, et le soir du 8 septembre, fête de la Nativité, beau jour pour ce fervent de la Sainte Vierge, il expirait. Jusqu'à la veille de sa mort, il s'était efforcé de réciter quatre chapelets par jour, pour remplacer le bréviaire. Son chapelet lui avait été arraché des mains. Fidèle à l'oraison chaque matin, il est mort saintement, en martyr. Il repose là-bas, sous 50 centimètres de terre, dans un drap, au cimetière de la petite église où se dit la messe une fois l'an seulement.

Qu'il y dorme en paix et prie pour nous et pour la France !

Ch. SUEUR.

Curé de Villers-Saint-Frambourg (Oise).

Ce samedi 19 septembre 1914. »

Il convient d'ajouter à ce récit douloureusement vécu l'hommage émouvant qu'adressa, dans le *Correspondant* du 10 novembre, M. Geoffroy de Grandmaison à cette victime du dévouement sacerdotal, le premier des aumôniers volontaires tombés à l'ennemi depuis la mort de l'organisateur de cette belle œuvre, le comte de Mun (1) :

---

(1) Le P. Véron était originaire du diocèse de Coutances, de la paroisse de Saint-Hilaire-du-Harcouët. Aussi, *La Croix de Coutances et de Saint-Lô* a-t-elle reproduit le 4 octobre l'article de *La*

« Pour terminer, je m'incline devant cette tombe du premier aumônier victime des coups de l'ennemi : le P. Véron. Enrôlé avec enthousiasme parmi les volontaires, il partait le 28 août. « J'ai fait, disait-il, le sacrifice de ma vie, bien que mon compagnon, un mathématicien sublime, m'ait prouvé par a-|-b qu'il n'y avait aucun danger pour moi. » Il fut envoyé à l'ambulance du 3ᵉ corps ; dès le 3 septembre, il tomba aux mains des Allemands à Crépy-en-Valois. Malgré ou à cause de sa robe, ils affectèrent de le considérer comme un espion (1), le frappant de leurs crosses, le labourant de leurs baïonnettes, l'insultant de leurs sarcarsmes, dont le ricanement répétait sans cesse : *Pastor catholicus!* Car telle est la *culture* germanique des enfants de Luther. Las de ces brutalités et de ces dérisions, ils le jetèrent enfin sur un tas de cailloux. Recueilli par un fourgon, le P. Véron fut déposé dans un village, il y agonisa cinq jours. Il murmurait : « Je crois que nous faisons un peu de purgatoire. » Ses forces l'abandonnant tout à fait, il dit : « Je suis bien content d'aller voir Notre Seigneur », et il expira le 8 septembre... (2). »

Dépêche de Cherbourg, inspiré par *La Croix* de Paris, dont il a été question plus haut.

(1) La tactique uniforme de cette mauvaise foi déguise mal la haine du prêtre catholique que des journaux allemands ont depuis nettement avouée.

(2) Geoffroy de Grandmaison : *La dernière œuvre du comte Albert de Mun; les Aumôniers volontaires,* dans le *Correspondant* du 10 décembre 1914, p. 880.

Nous ne pouvons espérer un récit complet ni définitif de ces meurtres. Nous sommes, comme l'écrivait M. Henri Davignon à propos de l'enquête anglaise sur la conduite des armées allemandes en Belgique et en France, « dans un domaine, hélas! où ce que nous savons est, chaque jour, dépassé encore en horreur et en atrocité par ce qui se découvre (1) ».

Citons, dans leur sobriété sèche, les cas mortels relevés sur le passage des hordes allemandes. La *Semaine religieuse* de Nancy promettant le *Livre d'Or* de la Malgrange qui compte déjà (c'était en avril 1915) « plus de 80 de ces anciens élèves morts sur le champ de bataille ou des suites de leurs blessures » et « deux élèves de l'École Saint-Sigisbert... peut-être même trois, tombés vaillamment pour la France », ajoutait :

« Un de ses maîtres les plus distingués, M. l'abbé Léon Vouaux, agrégé de l'Université, a été fusillé par l'ennemi à Jarny où il remplaçait M. le Curé, son frère, mobilisé... »

M. François Veuillot a donné, d'après des sources locales, des détails sur ce massacre qui manifestent la rage antireligieuse des bourreaux.

Comme tous les témoignages n'ont pas confirmé les circonstances horribles de cette mort, ne faisons pas état du récit déjà publié (2).

---

(1) *Revue hebdomadaire*, 29 mai 1915, p. 364. Cf. *Pages actuelles. La conduite des armées allemandes*, p. 31.
(2) *La Guerre allemande et le Catholicisme*, p. 121.) On a signalé

Rendu responsable, ainsi que le maire de Jarny
(M. Génot) et deux jeunes gens, « des coups de
feu tirés » sur les troupes allemandes, il tomba
sous les balles avec ses trois compagnons, le
26 août 1914. Du carnet où le frère du martyr a consigné des récits de témoins oculaires fort précieux
pour une histoire plus complète, nous n'extrayons
ici que ces lignes :

« Après le repas (le soir du 24 août) on a conduit le maire, l'abbé et plusieurs autres notables
comme prisonniers, dans une petite maison
appartenant à M. Blanchon.

« Le 25, journée fatale, 30 hommes étaient
pris en otages. M. l'abbé du nombre... Je me
vois toujours embrasser mon pauvre beau-père
et souhaiter bon courage à M. l'abbé. Je l'en-
tends encore me répondre : « Du courage, nous
en aurons, Madame, mais avec de pareilles
brutes, sait-on ce qu'il adviendra ? » (1).

« Vers neuf heures (le 26 août), le général gou-
verneur de Metz est venu nous voir, et Monsieur
votre frère a demandé à lui parler, mais il a
refusé. A partir de ce moment nous avons tous
compris qu'il n'y avait plus rien à faire. Votre
frère n'a plus levé les yeux de sur son livre et a
pris à sa main le (le mot est passé dans la lettre)
et ne l'a plus quitté. Je lui ai demandé de bien

---

aussi dans le même ouvrage, d'après le rapport officiel du Gou-
vernement français, l'abbé Thiriet, curé de Deuxville.

(1) Lettre de Mme Genot fils à M. l'abbé Vouaux.

vouloir dire pour nous les dernières prières, il m'a simplement regardé sans répondre.

« A 11 h. 1/4, à l'arrivée de cette br..., comme un lion rugissant, s'est mis à crier, revolver à la main : « Vous allez mourir ! » à quatre reprises. Puis, sans autres paroles, fait sortir M. Génot, votre frère et deux ouvriers d'usine que je ne connaissais pas, les fait passer à gauche dans le petit chemin qui conduit à la tuilerie, face à Jarny. Arrivé au 5e, qui était moi-même, j'ai protesté énergiquement que j'étais innocent ainsi que mes camarades ; c'est alors qu'au lieu de nous faire passer à gauche, il nous a fait rentrer dans la salle. Dès notre rentrée (dans la salle) un feu de peloton a eu lieu sur les quatre victimes, qui se trouvaient à peine à 15 mètres de nous ; puis les quatre coups de grâce dans la tête à bout portant par l'officier lui-même, qui était un major du 4e bavarois. »

M. l'abbé Wetterlé a publié dans *Paroles allemandes* cet extrait d'un carnet d'un officier saxon (178e d'infanterie), à la date du 26 août, qui notait sur Villers-en-Fagne :

« La population avait averti les Français du passage de nos troupes. Aussi, mettons-nous le feu au village, après avoir fusillé le curé et quelques habitants... »

La tranquillité du récit indique que l'opération est toute naturelle et conforme à la coutume. Le nom des victimes, à ce titre, importe peu.

Nous voudrions clore ces mentions funèbres — dont la liste n'est pas arrêtée, — par le tableau détaillé du martyre de l'un des otages, enlevé de son presbytère lors de la bataille de la Marne. Nous respectons scrupuleusement le texte publié par M. l'abbé E. Deniset, directeur de *La Semaine religieuse* de Châlons, sans rien supprimer de ce procès-verbal authentique, conservant jusqu'aux titres mêmes qui marquent les étapes ou stations de son douloureux calvaire.

Le martyre de M. le chanoine Oudin, curé-doyen de Sompuis. Les Témoins.

Nous avons annoncé, il y a quelques semaines, la mort de M. le chanoine Oudin, curé-doyen de Sompuis, arrêté par les Allemands pendant la bataille de la Marne. Nous savions que M. Oudin avait succombé — à Vouziers, pensions-nous — sous les mauvais traitements de l'ennemi; nous étions loin de soupçonner l'horreur de son martyre et l'infamie de ses bourreaux. Rendus à la liberté après une captivité de huit mois, ses compagnons d'infortune ont parlé. C'est leur témoignage que nous allons reproduire.

L'un d'eux est M. Charles Arnould qui habite, rue du Gantelet, 16, à Châlons-sur-Marne. Le récit qu'il nous a fait, il y a une dizaine de jours, fut simple, précis, tranquille, comme il convient à un sexagénaire qui raconte avec calme ce qu'il a

vu et ce qu'il a lui-même souffert. Impossible, à
l'entendre, de ne pas se sentir convaincu.

Son témoignage est d'ailleurs confirmé par celui
de M. Cuchard, de Sompuis, dont nous avons sous
les yeux la déposition, faite à M. l'abbé Masset,
curé de Berzieux et, par intérim, curé de Sompuis, et par une lettre, qui nous a été commu-
niquée de M. l'abbé Louis, curé de Laimont.
M. Louis a été retenu prisonnier à Sedan ; mais,
en qualité d'aumônier en second, il y jouit d'une
liberté relative.

L'arrestation.

Le dimanche 6 septembre, le gros de l'armée
des Saxons qui avaient occupé Châlons dès le
vendredi 4, prirent en toute hâte la direction de
Vitry où le canon les appelait. Sans doute, une
avant-garde les avait précédés, car il semble bien
que ce soit ce même jour, 6 septembre, que
M. Oudin ait servi la messe au prince Max de
Saxe. Souvent, au cours de ses interrogatoires ou
de ses pourparlers avec l'ennemi, il se réclama
de son attitude envers le prince-abbé.

La bataille s'engagea, à Sompuis, dans la nuit
du 6 au 7 ; les Allemands occupaient les positions
au nord du village, nos vaillantes troupes au sud.
Cette nuit-là et le lendemain 7, Sompuis reçut des
obus qui allumèrent quelques incendies. Les Allemands, étant venus réquisitionner des vivres,

entrèrent chez M. le curé. Ils constatèrent qu'il avait chez lui l'électricité, installation d'éclairage, avec sonneries, bien entendu. Il n'en fallut pas plus pour éveiller leurs mauvais instincts. Ils déclarèrent que sa ligne électrique était une ligne téléphonique par laquelle il communiquait avec les troupes françaises. Ils commencèrent à perquisitionner dans le presbytère et découvrirent une lettre que M. le Doyen écrivait à son frère, commandant de gendarmerie, et dans laquelle il exprimait l'espoir de voir la France sortir victorieuse de la lutte qui s'engageait. Cette fois, le pauvre curé était définitivement suspect. Ils l'enfermèrent dans sa cave avec sa servante.

J'étais venu pour la moisson chez mon neveu, à Sompuis, nous dit M. Arnould. Le 8 septembre, un obus ayant démoli la cheminée de la maison, je montai dans le grenier pour faire une réparation sommaire. En entendant frapper des coups, les Allemands accourent et m'obligent à descendre. Dans la cour, ils étaient en fureur. A leurs cris, à leurs gestes, je comprends qu'ils m'accusent de faire des signaux à nos soldats. J'ai beau leur expliquer que je répare un tuyau de cheminée. Ils m'entourent et me poussent vers le presbytère.

La maison a été complètement dévastée; mais je n'ai guère le temps de la voir, car je suis aussitôt enfermé dans la cave. Je n'y suis pas seul. Malgré l'obscurité, je finis par apercevoir, dans un coin, M. le Doyen et sa servante, puis cinq hommes et une autre femme. Pourquoi ont-ils été emprisonnés, malgré leurs protestations? Ils l'ignorent.

La cave est très basse; il est presque impossible de s'y tenir debout. Les otages n'en peuvent sortir sous aucun prétexte et leurs geôliers ne leur donnent aucune nourriture. M. le Doyen passa deux jours et une nuit dans cette basse-fosse. Il était placé de telle sorte qu'à la moindre alerte, il devait être la première victime sacrifiée.

Le 9, à 4 heures du soir, une dizaine d'Allemands firent sortir les prisonniers de leur cachot. Au fort de la bataille, une trentaine de maisons flambaient à Sompuis. L'escorte ennemie conduisit les otages à travers les rues pour leur montrer leurs habitations livrées aux flammes. Puis ils prirent la route de Coole.

Le Voyage.

Ce fut un vrai chemin de croix que le voyage de M. Oudin. Agé de 73 ans, atteint d'un asthme qui le rendait tout à fait infirme, il fut bientôt incapable de marcher. Ses compagnons de route le soutenaient de leur mieux, tandis que les Allemands les pressaient à coups de poing. Ils arrivèrent ainsi à Coole où ils passèrent la nuit sur la paille, dans une maison inoccupée.

Le lendemain matin, 10 septembre, un charitable habitant du pays leur fit cuire quelques pommes de terre ; c'est tout ce qu'ils eurent à manger. Il fallut tôt se remettre en route. Au hasard du chemin, les neuf otages ramassaient quelques débris de nourriture qu'ils dévoraient. Mais bientôt le malheureux prêtre, n'en pouvant plus, fut sur le point de succomber. Heureusement ses charitables compagnons aperçurent une voiture de boucherie abandonnée. Ils obtinrent d'y hisser M. Oudin et sa servante ; mais aussitôt les bourreaux, pour se décharger, jetèrent leurs sacs dans la voiture. Cependant ces braves gens avaient, avec des cordes, fait une sorte de licol : les uns tirant, les autres poussant le véhicule, on arriva, le soir, à Breuvery.

On coucha au moulin, apres avoir obtenu, à force de supplications, quelques pommes de terre bouillies pour toute nourriture. Le lendemain, en toute hâte, on se remït en route vers Châlons.

A Châlons.

C'était le vendredi 11 septembre. Cette fois, la victoire de la Marne ne faisait plus de doute. L'ennemi, en déroute, quoique toujours chantant, traversait en tous sens les rues de notre ville. Au milieu de ses convois en désordre, de son artillerie démontée ou égarée, de son infanterie décimée, des milliers de blessés qu'il cherchait à évacuer, apparut tout à coup la charrette du curé de Sompuis, traînée par ses paroissiens. Il était

environ 10 heures du matin. Ce fut, sur tout le
parcours, un cri de pitié. Le triste convoi s'arrêta à
l'Hôtel de Ville (1). Les prisonniers furent d'abord
enfermés dans la Salle des Adjudications; puis,
bientôt, on les fit sortir dans la cour. M. l'abbé
Laisnez, qui était à l'Hôtel de Ville, multiplia les
démarches pour obtenir la délivrance des otages;
on ne lui accorda même pas celle du malheureux
vieillard. M. Laisnez lui donna alors son chapeau : M. Oudin n'avait que sa barrette; il lui fit
acheter des souliers; les chaussures du pauvre
doyen étaient si légères qu'il avait dû entourer ses
pieds de ficelle pour pouvoir marcher. En même
temps, les religieuses qui s'occupaient des soldats
et des blessés français prisonniers à l'Hôtel de
Ville furent averties. Elles apportèrent les quelques provisions qu'elles avaient sous la main. Ce
fut peu de chose ; car, pendant qu'on cherchait à
mieux faire, le convoi repartait, grossi de quelques soldats français. Le pitoyable équipage
monta la rue Saint-Jacques et prit la route de
Suippes.

Une heure après, un coup de canon et un coup
de clairon : c'était le ralliement des troupes ennemies, prélude de leur retraite définitive.

---

(1) M. le Vicaire général Hurault écrivait le 12 juillet 1915 :
« J'ai été témoin de son passage à Châlons. J'ai essayé, près du
perron de l'Hôtel-de-Ville de le réconforter par un salut amical,
mais ce simple geste m'attira de la part des soldats qui le gar-
daient des menaces violentes et je dus cesser ma démonstration
pourtant trop platonique. »

A Suippes.

En arrivant à Suippes, les prisonniers, fatigués par leur longue étape faite sous un ciel gris et pluvieux, furent parqués dans le préau d'une école. A Suippes, ils eurent à subir un interrogatoire. Tous étaient accusés d'avoir fait des signaux aux troupes françaises; la ligne électrique de Sompuis ne suffisait-elle pas à établir leur culpabilité? Que répondre aux querelles d'Allemands?

A l'installation électrique du presbytère, chef d'accusation capitale, s'ajoutait, dans le dossier de M. Oudin, la lettre écrite à son frère, le commandant de gendarmerie. Toujours rageant, avec des gestes et des cris de fureur : « Vous voyez bien, lui disaient-ils, vous vous occupez de politique. Vous, le curé, vous faites de la politique. Un curé ne doit pas faire de politique. »

Quelles furent les réponses du Doyen, au milieu des officiers qui l'entouraient, revolver au poing, le maltraitant et l'invectivant? On ne le saura sans doute jamais, car il était seul dans une pièce avec ses prétendus juges, et ce n'est que par lambeaux qu'il arrivait quelques phrases aux oreilles des témoins assez éloignés de lui.

A coups de crosses et de bottes, les otages de Sompuis furent enfin renvoyés avec les autres prisonniers. A la torture de la faim que l'ennemi continuait de leur infliger, s'ajouta, cette nuit-là, le supplice d'une installation lamentable : les malheureux durent s'étendre sous la pluie, dans la cour boueuse de l'école, sans pouvoir trouver un instant de sommeil; M. Oudin n'avait d'autre vêtement que sa soutane pour se couvrir.

Le martyre.

Le lendemain, 12 septembre, il fallut se remettre en route. Ce fut à partir de ce moment-là que commença, à proprement parler, le martyre de M. Oudin. A quelle suggestion satanique ses bourreaux obéirent-ils? Voulurent-ils se venger de n'avoir trouvé contre lui aucune accusation sérieuse? Ne pouvant le fusiller, avaient-ils décidé de le faire mourir à petit feu? Etait-ce haine huguenote contre un prêtre, exaspérée par la rage de la défaite?

Quoi qu'il en soit, tandis que ses compagnons de captivité, qui traînaient toujours la charrette où il était étendu, n'avaient à souffrir que de la faim, les soldats, devenus ses bourreaux, multipliaient sur lui les sévices. Ils venaient tour à tour le voir et le frapper de leurs fusils. Il demeurait sans mouvement et son immobilité même semblait augmenter leur rage. Sur sa servante aussi s'abattaient leurs mauvaient traitements.

Après une dernière halte près de Sainte-Marie-à-Py, on arriva, le 13, à Vouziers. Les prison-

niers furent enfermés dans le manège, avec les
chevaux.

Là, M. Oudin fut exposé à une horde de force-
nés. Il était descendu de voiture. Deux Allemands
le prirent chacun par une jambe et le jetèrent
dans un coin « comme une bête qui meurt », dit
un témoin.

Ce n'étaient plus seulement ses geôliers, mais
les soldats de la garnison qui venaient, par grou-
pes, le maltraiter. Coups de cravache sur les
mains et sur le visage, coups de poing et de crosses de fusil, rien ne lui fut épargné. Comme il
était étendu à terre, ils lui labourèrent le corps
avec leurs éperons. Le pauvre martyr est en sang.
Sa soutane est en lambeaux. « On eût dit Notre-
Seigneur Jésus-Christ dans sa passion, » rapporte
un témoin. Ses compagnons en larmes tâchent
d'attendrir ces monstres : on les menace de leur
faire subir un traitement semblable. Et ils en sont
réduits à se détourner ou à mettre leurs mains
sur leurs yeux pour ne pas voir cet horrible spec-
tacle. Mais les gémissements du curé mourant les
tiennent éveillés : ils ne peuvent fermer l'œil de la
nuit.

Quant à sa servante, ils la saisissent à quatre
par les membres, la lancent en l'air et la laissent
retomber sur le sol, puis la reprennent et conti-
nuent... Dans la lutte, ils lui ont arraché une
partie de ses vêtements. Elle est en chemise : ils
lui disent de se confesser au curé.

Quand le lundi 14, au matin, les otages se remettent en route vers Sedan, où ils vont être enfermés dans la prison, M. Oudin est incapable de les suivre : il demeure inerte dans le manège de Vouziers.

Mais ses bourreaux ne sont pas satisfaits. Ils ont ri de ses gémissements à Vouziers : ils lui feront faire jusqu'au bout un sanglant pèlerinage. Ils le remettent dans une voiture traînée enfin par des chevaux, avec sa servante à peine vêtue.

A Tannay, nouvel arrêt et nouvelle ignoble parodie. Là, du moins, M. Oudin a la consolation d'avoir près de lui M. Louis, curé de Laimont.

A Sedan, l'agonie commence après tant d'horreurs. M. Oudin est conduit à l'hôpital où, du moins, ses derniers instants sont adoucis par des soins dévoués. Il peut recevoir les sacrements et expire, le 17 septembre, probablement.

Un remords tardif et par trop intéressé passa-t-il dans ces abominables cerveaux germaniques ?

Ils essayèrent, paraît-il, de se faire donner une pièce attestant que M. Oudin n'était pas mort de mauvais traitements. Et ils promirent que l'autorisation serait « accordée à la famille de notre saint Curé, martyr de la Patrie, écrit M. Louis, de le transporter au cimetière de Sompuis après la guerre. »

Par les soins de M. l'Archiprêtre de Sedan, le corps du vénéré défunt a été placé dans un cercueil et inhumé dans le coin du cimetière réservé aux prêtres Des fleurs sont entretenues sur sa tombe.

Peut-être quelques nouveaux détails s'ajoute-ront-ils à ce récit (1). Ceux que nous publions, dûment contrôlés, s'ils sont tout à la gloire de M. Oudin, suffisent à noter à jamais d'infamie ses ignobles bourreaux et leur abominable *kultur* (2).

Il sera temps d'ajouter à cette galerie de vic-times ayant payé de leur sang la haine que nos ennemis ont vouée au « pasteur catholique » (3). La tâche de rassembler, avec les garanties et les précisions nécessaires les faits de brutalité n'ayant pas entraîné la mort, nous oblige à ne consacrer au paragraphe suivant que peu de place, en atten-dant les narrations circonstanciées des survi-vants.

---

(1) *La France de Demain* du 20 juillet 1915 a donné une relation concordante, tirée de témoins différents que M. Émile Hinzelin a entendus au retour de leur captivité.

(2) *Semaine religieuse du diocèse de Châlons*, 1915, p. 342 à 347.

(3) L'enquête sur les victimes des pays annexés (Alsace-Lorraine) ne pourra se poursuivre sûrement que plus tard.

II. — Sévices et outrages.

Le paragraphe des sévices exercés contre les prêtres français s'ouvre en Belgique même. Le jésuite appartenant au collège de Florennes, que M. Pierre Nothomb nous a montré accablé de coups et victime des brutalités de l'envahisseur a eu en France bien des compagnons d'infortune (1). Le bilan de ces attentats ne peut encore être établi en détail — non que la matière manque : elle surabonde — mais les témoins ou les victimes n'ont qu'imparfaitement la parole libre. On ne citera donc, entre les autres traits les plus saillants, que le cas des prêtres obligés de faire aux bourreaux un rempart de leur corps.

Les prêtres belges contraints de marcher au-devant des troupes pour servir de boucliers vivants furent légion. M. Mélot a indiqué de nombreux traits de ce genre (2). Après avoir rappelé le lâche méfait des Allemands à Lierre-Sainte-Marie où ils obligèrent « à marcher devant les soldats » quatre prêtres qui furent tous tués, M. Léon Maccas ajoute :

---

(1) Le supérieur du collège, le P. Bureau, avait été emmené en otage. C'est en se mettant à sa recherche que le ministre de la maison, le P. Lafra, tomba aux mains des Allemands : « Maltraité; déshabillé, à moitié assommé et laissé évanoui dans un fossé, » il fut ensuite recouvert de terre et de feuilles. On l'en a tiré une heure après et il a failli en mourir. Cf. *La Guerre allemande et le Catholicisme*, p. 146.

(2) *Le Martyre du Clergé belge*, p. 24 à 52.

« En France le même crime s'est répété vingt fois (1). Nous ne rapporterons pas tous les cas. Dans le combat de Billy (10 août), selon un rapport officiel du commandant français, les Allemands firent marcher devant eux, pour s'abriter et empêcher les Français de tirer, tandis qu'ils sortaient du village et débouchaient sur le champ de bataille, plusieurs femmes et plusieurs enfants (2). »

L'atroce lâcheté se pimentait donc du plaisir de punir le prêtre catholique. Un des cas les plus typiques de cette barbarie organisée est celui du curé de Pillon (3). Laissons parler M. de Mun à qui le scandale inspira, sous le titre *Furor teutonicus*, un de ses meilleurs articles des derniers jours. Il est du 17 août 1914.

«... Mais il y a, dans les nouvelles d'hier soir, autre chose, qui soulève le cœur de telle façon qu'il faut crier tout de suite notre indignation. C'est le martyre du curé de Pillon (3). Vous voyez où est Pillon, un petit village du canton de Spincourt, tout voisin de Mangiennes, où s'est livré le combat du 10. Vous lirez, ce matin, l'horrible drame : le malheureux prêtre, traîné dans la rue, sous les fusils braqués, pendant que le combat fait rage, tenu

---

(1) Le diocèse de Verdun comptait 40 prêtres incarcérés en Allemagne. La *Semaine religieuse* de Nancy signalait les 16 qui avaient donné de leurs nouvelles (*La Guerre allemande*, p. 107). Sur les mauvais traitements infligés aux curés des diocèses de Soissons et d'Amiens, voir *ibid.*, p. 109.

(2) Léon Maccas, p. 69.

(3) Au diocèse de Verdun, l'abbé Baudouin. Cf. *La Guerre allemande*, p. 114.

dans les rangs allemands sous la mitraille, debout,
tandis que les soldats se couchent pour éviter les
obus, et condamné durant deux heures à voir brûler le village incendié, sous les insultes, les sar-
casmes et les menaces de mort, jusqu'à ce qu'enfin, ses bourreaux s'enfuyant devant l'élan des
Français, il put s'échapper et se mettre à l'abri.
C'est lui-même qui raconte l'affreuse histoire. Et
ce ne sont pas des soldats, livrés à l'emportement
de la violence, qui commettent ce crime dans un
moment d'ivresse : c'est un général qui l'ordonne
froidement en disant au curé : « Je sais bien que
vous n'avez pas tiré, mais vous êtes l'âme de la
résistance. »

Parole glorieuse, dans son infamie, pour cet
humble prêtre de campagne! Il n'avait rien fait,
mais le Barbare savait que le patriotisme vivait
en lui, et c'était l'âme de la France qu'il insultait
sous cette pauvre soutane. Le curé, au milieu de
son martyre, jeta aux tortionnaires son mépris :
« Vous êtes des brutes! » Le monde et l'histoire
répéteront la sentence. Le cruel épisode de Pillon
est la hideuse illustration du drame où nous a
jetés la folie germanique. D'un côté, la civilisation
chrétienne personnifiée dans ce prêtre, à qui
l'honneur est échu de paraître l'incarnation de la
patrie; de l'autre, la barbarie teutonne déchaînée
dans ces hommes, indignes des armes qu'ils por-
tent et qui les prostituent au brigandage et à
l'assassinat.

Lisez après cela le livre du capitaine d'infanterie prussienne Hans Pommer, dont M. T. de Wyzewa nous a, hier, donné la traduction. Vous verrez par le sincère témoignage d'un officier, passionnément attaché à son métier, ce qu'est devenue, pendant les longues années d'une paix orgueilleuse, l'armée de l'empire allemand, soumise à la dureté d'un « pesant esclavage moral et matériel ». Vous verrez comment, dans une armée, dominée par la vaine recherche de la forme, s'est perdue la vertu militaire, à quels excès, à quelles bassesses se laissent tomber des officiers enivrés de leur pouvoir absolu, et vous apprendrez ce que peut devenir chez ces hommes le séculaire *furor tentonicus*. Alors vous comprendrez les âmes des bourreaux de Pillon.

Un soldat m'a écrit l'autre jour qu'aux premiers temps de la mobilisation, l'officier commandant son peloton avait lu à ses hommes l'histoire du curé de Moineville, première victime de la barbarie germaine (1), et il ajoutait : « Comme il y avait des prêtres dans le rang, l'officier a commandé le salut militaire, et nous a fait crier : « Vive la « France ! » Nous avons crié de bon cœur. » Il faudra qu'on lise ainsi le martyre du curé de Pillon.

Et vraiment, admirez le miracle ! A cette heure, d'un bout à l'autre du pays, les curés sont devenus

---

(1) Il semble s'être établi une confusion résultant de la mort de l'abbé Hennequin, ancien curé de Moyenvic, fusillé dès le début de la guerre. Cf. plus haut, p. 10.

populaires. Dans les corps d'armée, les aumôniers sont reçus en amis; dans les régiments, les « curés sac au dos » sont les plus aimés des camarades. Ils ont scellé de leur sang, et conclu dans la souffrance une alliance nouvelle avec le peuple. Près d'eux, au seuil du grand sacrifice, la vieille foi qui dort dans les poitrines françaises s'est réveillée vivante. Leur cœur est apparu, tout brûlant de patriotisme ardent et de douce charité, et les enfants de France ont reconnu, sous leur soutane et sous leur capote, comme le Prussien de Pillon, l'âme de la patrie. Dans le flot de merveilles qui nous entoure, celle-là n'est pas la moindre. Remercions les Barbares ; ils ont réconcilié tous les Français et appris au monde l'immortalité de la vieille nation chrétienne.

Albert DE MUN,
de l'Académie française (1).

Si le cas du curé de Pillon est représentatif de tant d'autres incidents semblables, la lettre du curé de Port-sur-Seille racontant dans l'*Écho de Paris*, du 12 septembre 1914, la conduite des Allemands suffit à indiquer les scènes dont furent témoins les villages envahis. L'authenticité du document est incontestable et il convient de le reproduire tel quel.

---

(1) *Écho de Paris*, 17 août 1914.

« Le 28 août 1914.

« Mon brave L...,

« J'ai bien reçu, mais avec retard, vos bonnes communications et invitations. Je vous en remercie de tout cœur.

« Dans la détresse où nous sommes, je n'ai pu y répondre.

« Vous savez sans doute que Port-sur-Seille a été un des villages les plus éprouvés. Après avoir été pillé, dévasté, il a été brûlé aux trois quarts. De quatre-vingts maisons, il en reste environ quinze, et des moindres. Cependant l'église et le presbytère ont été épargnés jusqu'à présent. Tous les habitants se sont sauvés; il n'est resté que quinze personnes, toutes invalides par l'âge et les infirmités; cinq seulement étaient en mesure de travailler. L'abbé Crausse, séminariste originaire du village, qui sait un peu d'allemand, m'a rendu de grands services. Leur maison, leurs meubles, leurs vêtements, tout a été livré aux flammes. Il n'a que ce qu'il porte sur son dos : plus de rabat, plus de chapeau, etc... Il est chez moi, à demeure, ainsi que son grand-père paralysé, sa tante qui le soigne et un jeune homme qui nous aide. Tous trois, nous creusons des fosses, nous enterrons les personnes tuées ou fusillées, ainsi que les soldats tués. La besogne ne manque pas !

« Quatre de mes paroissiens ont été fusillés, entre autre un *enfant de trois ans*.

« Toutes nos journées se passent à enterrer ou à brûler les animaux tués qui empestent le village. Nous avons enterré un dragon français dans mon jardin et un sergent dans les champs, etc.

« Morville a été pillé et un peu endommagé par les obus, particulièrement l'église.

« Eply a été dévasté. M. le curé a été deux fois prisonnier et emmené à Metz, et n'est revenu qu'après trois jours de captivité et de souffrances. A Rouvres, plusieurs maisons brûlées, toutes pillées, quatre personnes fusillées, entre autres le maire, le meilleur des hommes. Nomény est rasé comme autrefois Jérusalem ; il ne reste pas une maison debout, excepté l'église fortement endommagée. M. le curé n'a eu que le temps de fuir à Nancy. Il ne reste plus un seul habitant, *quarante* ont été fusillés, les autres se sont sauvés.

« Tous nos villages ont beaucoup souffert et nous sommes toujours sous le coup de la crainte.

« Grâce à Dieu, j'ai échappé jusqu'ici, et j'espère qu'il me protégera jusqu'au bout. Me voyez-vous, curé dans un désert, au milieu des ruines fumantes ! Je ne sais ce que sont devenues nos religieuses, elles ont été emmenées par nos ennemis.

« C'est le cœur navré que je vous donne rapidement ces quelques détails. Je cesse, parce que je n'y tiens plus. Ma maison est le refuge des malades et des abandonnés ; tout le monde y accourt pour avoir des vivres. Nous sommes restés trois jours sans pain. Nous avons sauvé trois maisons de l'incendie. Hier, nous étions dix personnes pour souper et coucher. J'ai été cinq jours sans me déshabiller. Je suis curé de Morville; c'est un surcroît de besogne.

« Excusez mon griffonnage, le temps me fait défaut.

« Puissiez-vous recevoir ces quelques lignes et me donner un mot de réponse.

« Votre tout dévoué,

« E. R. »

L'auteur de ces lignes est âgé de 70 ans.

S'il était ici question d'exposer les effets de la fureur sacrilège qui arma contre les personnes consacrées à Dieu et contre les objets sacrés ou les églises la haine des Allemands, l'enquête serait interminable. Elle est poursuivie en ce moment grâce aux documents qui nous ont été envoyés de source sûre. Les rapports officiels français ont déjà eu occasion de signaler des exemples typiques. Nous avons dû nous borner d'abord à rassembler, comme en un retable tragique, ceux des « assassinats » de prêtres français sur lesquels nous avons eu des renseignements précis, contrôlés et de source absolument sûre. Notre souhait serait que la liste fût définitivement close. Elle ne peut l'être, puisque le diocèse de Nancy nous fournit à lui seul plus de victimes que nous n'avons pu en nommer dans cet essai.

NÉCROLOGE ALPHABÉTIQUE
des prêtres français victimes des Allemands (1)

Barbot, curé de Rohainviller (Nancy), fusillé.

Buechet (Pierre), curé de Luvigny (Saint-Dié), fusillé le 23 août 1914 à Raon-sur Plaine (p. 15).

Calba (Nancy), fusillé à Dalbach.

Cazin, curé de Grand-Failly (Nancy), mort otage en Allemagne.

Delbecque, curé de Maing (Lille), fusillé à Valenciennes (p. 11-13).

Faive (Nancy), fusillé à Dalbach.

Hennequin (Fernand), ancien curé de Moyenvic (Metz), fusillé (p. 61).

Jacob, curé de Lexy (Nancy), mort otage à Cobentz.

Labache (Antoine), curé de La Voivre (Saint-Dié), fusillé le 29 août 1914 (p. 24-36).

Lhuillier (Jules), curé de Nomény (Nancy), mort à 74 ans, à Nancy (juillet 1915), des suites des tortures morales et physiques endurées à l'incendie de sa paroisse en août 1914.

Mamias, curé de Vandières (Nancy), fusillé.

Mathieu (Alphonse-Marie), curé d'Allarmont (Saint-Dié), fusillé le 24 août 1915, à Celtes (p. 15-18).

Norroy, curé de Brainville (Nancy), mort emprisonné dans son église.

Oudin, curé doyen de Sompuis (Châlons), mort le 17 septembre des mauvais traitements subis (p. 51-61).

Persyn, vicaire à Longuyon (Nancy), fusillé.

Renaudin, curé de Viviers (Nancy), fusillé.

Robert, curé de Cutry (Nancy), fusillé.

Thiery, curé de Gondrecourt (Nancy), fusillé.

Thiriet, curé de Deuxville (Nancy), fusillé le 26 août, à Crion (p. 19-23).

Véron (le R. P.), mort le 8 septembre des mauvais traitements subis (p. 37-48).

Vouaux (Léon), professeur à La Malgrange (Nancy), fusillé à Jarny, le 25 août 1914 (p. 48, 49).

Le curé de Villiers-en-Fague, fusillé le 26 août 1914 (p. 50).

---

(1) Nous devons à M. l'abbé Mangenot la liste des prêtres de Nancy, et nous serons heureux de recevoir les détails complémentaires qui manquent à cette énumération trop discrète.

INDEX ALPHABÉTIQUE DES NOMS PROPRES

TABLE DES MATIÈRES

Paris. — Imp. PAUL DUPONT (Cl.). — 471.7.15.